꽃 한 송이
말씀 한 구절

꽃 한 송이, 말씀 한 구절

초판 1쇄 발행 2017년 1월 19일
초판 9쇄 발행 2022년 6월 17일
개정 1쇄 인쇄 2023년 4월 19일
개정 1쇄 발행 2023년 5월 1일

손글씨 · 그림 | 로아
펴낸이 | 金禎珉
펴낸곳 | 북로그컴퍼니
주소 | 서울시 마포구 와우산로 44(상수동), 3층
전화 | 02-738-0214
팩스 | 02-738-1030
등록 | 제2010-000174호

ISBN 979-11-6803-065-7 03810

이 책의 성경 말씀은 《성경전서 개역개정판》에서 인용한 것입니다.

필사의 발견

꽃 한 송이
말씀 한 구절

손글씨·그림 로아

수채화와 손글씨로 만나는
따뜻한 성경 필사 100

북로그컴퍼니

꽃 한 송이, 말씀 한 구절의 시작

3년 전 어느 토요일이었습니다.

제가 다니는 교회의 반주자에게 전화가 왔습니다. 주일에 일이 생겨 반주를 할 수 없으니 대신 해달라는 부탁이었어요. 저는 피아노를 칠 줄은 알지만 반주를 능숙하게 할 만한 실력은 아니었어요. 예배 시간에 반주를 하려면 많은 연습을 해야 하는데, 퇴근이 늦다 보니 집에서는 연습할 수 없는 상황이었죠. 그 당시는 혼자 회사를 창업한 때라 일이 많았고 장래에 대한 불안 역시 커져가던 시기였습니다.

이러저러한 이유로 밤 10시가 넘은 시간에 교회에 가서 반주 연습을 해야 하는 상황이 달갑지 않았어요. 하지만 어쩔 수 없이 무거운 발을 이끌고 교회로 향했습니다.

그런데 밤늦게 교회에 도착한 제 눈에 성경 구절 하나가 보였습니다.

수고하고 무거운 짐 진 자들아
다 내게로 오라
내가 너희를 쉬게 하리라

교회 입구 간판 아래에 늘 적혀 있던 말씀이었어요. 그런데 몇 년 만에, 그것도 그 어두운 밤에 그 글이 제 눈과 마음에 묵직하게 스며들었습니다.

그 글을 읽는 순간 저도 모르게 눈물이 또르르 흘렀습니다. 우연히 읽은 그 한마디에 큰 위로를 받았던 것입니다. 정말 신기하게도 그 말씀은 그날 느낀 피로뿐 아니라, 사업을 시작하며 1년 넘게 마음속에 쌓아왔던 부담감과 혼자 책임져야 한다는 외로움까지도 모두 씻어주었어요.

'말씀의 힘이 이런 거구나!'

다시금 느낀 시간이었습니다.

그날 이후, 저는 주님께서 제게 주신 그림과 손글씨 달란트로 많은 사람들에게 좋은 말씀을 전해야겠다는 생각을 했습니다. 말씀을 단순히 읽는 데서 그치지 않고 '만났으면 좋겠다'는 바람으로 매일 한두 장의 그림을 그렸고, 그림과 함께 제게 힘을 준 성경 구절들을 하나씩 써나갔어요.

그렇게 하루하루 좋은 말씀과 함께하다 보니 제 마음에 치유와 평안의 힘이 쌓이는 걸 느낄 수 있었습니다. 이번 작업을 하면서 제가 그림 그리는 사람이어서 참 감사하고 행복하다는 생각을 그 어느 때보다 많이 했습니다. 그리고 이 놀라운 말씀의 힘을 다른 분들과도 나누고 싶다는 생각에 100개의 구절을 뽑아 한 권의 책을 엮게 되었어요.

제가 몇 년 전 한 구절의 말씀으로 힘을 얻고 위로를 받았던 것처럼, 이 책을 만나는 모든 분들도 말씀의 힘을 다시금 느끼셨으면 합니다.

책에 있는 그림과 말씀을 그저 읽기만 해도 좋습니다. 그러나 오른쪽 필사 페이지에 하나님의 말씀을 따라 쓴다면, 말씀이 주는 위로와 격려는 더 커질 것임을 믿습니다.

힘들었던 시간을 위로받고, 상처받은 마음을 회복시키며, 다시 시작할 용기와 힘을 얻는 시간이 되길 기도합니다.

2017년 새해 아침, 로아

수고하고 무거운 짐진자들아
다 내게로 오라
내가 너희를 쉬게하리라

마태복음 11장 28절

p.s. 이 그림은 이 작업을 시작하며 제가 처음으로 그렸던 그림입니다. 저는 지금도 매일 아침 일어나서 제 책상 앞에 붙은 이 그림을 봅니다. 그러면 절망스럽던 그 밤, 저를 위로하던 말씀의 힘이 다시 느껴지거든요. 여러분도 이 그림과 말씀을 통해 따뜻한 위로와 평안을 얻을 수 있기를 기도합니다. ^^

차례

Part 1

당신의 말씀이 저를 위로합니다

Part 2

당신의 사랑이 저를 치유합니다

Part 3

당신으로 인해 나날이 행복합니다

Part 4

감사하는 삶 속에서 매일 기뻐합니다

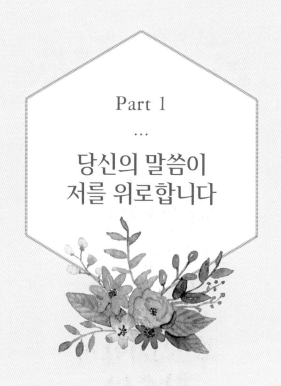

Part 1

...

당신의 말씀이
저를 위로합니다

주의
말씀대로
나를 붙들어
살게하시고
내 소망이
부끄럽지않게
하소서

시편 119편 116절

주의 말씀대로 나를 붙들어 살게 하시고 내 소망이 부끄럽지 않게 하소서

·· 시편 119편 116절

Quiet time ....

....

....

너는마음을
다하여
여호와를
신뢰하고
네 명철을
의지하지
말라

잠언 3장 5절

너는 마음을 다하여 여호와를 신뢰하고 네 명철을 의지하지 말라

·· 잠언 3장 5절

Quiet time ....

....

....

예수께서
이르시되
할수 있거든이
무슨 말이냐
믿는 자에게는
능히 하지 못할
일이 없느니라

마가복음 9장 23절

예수께서 이르시되 할 수 있거든이 무슨 말이냐 믿는 자에게는 능히 하지 못할 일이 없
느니라

·· 마가복음 9장 23절

Quiet time ....

....

....

내게 능력 주시는 자 안에서 내가 모든 것을 할 수 있느니라

··빌립보서 4장 13절

Quiet time ....
....
....

네가 네 하나님
여호와의 말씀을
삼가 듣고
내가 오늘 네게
명령하는
그의 모든 명령을
지켜 행하면
네 하나님 여호와께서
너를 세계 모든 민족 위에
뛰어나게 하실 것이라

신명기 28장 1절

네가 네 하나님 여호와의 말씀을 삼가 듣고 내가 오늘 네게 명령하는 그의 모든 명령을
지켜 행하면 네 하나님 여호와께서 너를 세계 모든 민족 위에 뛰어나게 하실 것이라
··신명기 28장 1절

Quiet time

내가
너희에게
말하노니
무엇이든지
기도하고
구하는 것은
받은 줄로
믿으라
그리하면
너희에게
그대로 되리라

마가복음 11장 24절

내가 너희에게 말하노니 무엇이든지 기도하고 구하는 것은 받은 줄로 믿으라 그리하면
너희에게 그대로 되리라

·· 마가복음 11장 24절

Quiet time

오직 믿음으로 구하고
조금도 의심하지 말라
의심하는 자는
마치 바람에 밀려
요동하는 바다 물결 같으니
이런 사람은 무엇이든지
주께 얻기를 생각하지 말라
두 마음을 품어
모든 일에 정함이 없는 자로다

야고보서 1장 6절

오직 믿음으로 구하고 조금도 의심하지 말라 의심하는 자는 마치 바람에 밀려 요동하는 바다 물결 같으니 이런 사람은 무엇이든지 주께 얻기를 생각하지 말라 두 마음을 품어 모든 일에 정함이 없는 자로다

·· 야고보서 1장 6~8절

Quiet time

근심하는 자 같으나
항상 기뻐하고
가난한 자 같으나
많은 사람을
부요하게 하고
아무것도 없는 자 같으나
모든 것을 가진 자로다

고린도후서 6장 10절

근심하는 자 같으나 항상 기뻐하고 가난한 자 같으나 많은 사람을 부요하게 하고 아무
것도 없는 자 같으나 모든 것을 가진 자로다

‥ 고린도후서 6장 10절

Quiet time

의인은
고난이 많으나
여호와께서
그의 모든
고난에서
건지시는도다

시편 34편 19절

의인은 고난이 많으나 여호와께서 그의 모든 고난에서 건지시는도다

‥ 시편 34편 19절

Quiet time ....
....
....

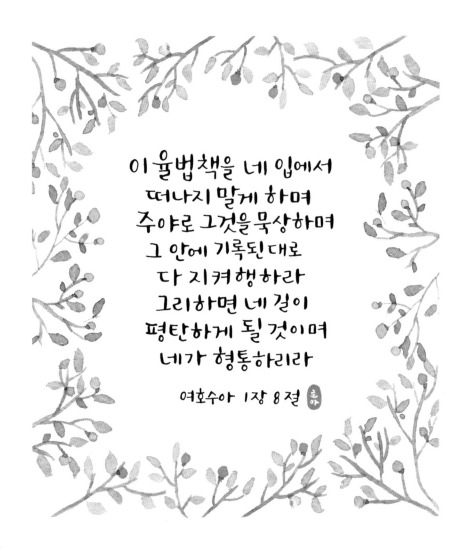

이 율법책을 네 입에서
떠나지 말게 하며
주야로 그것을 묵상하며
그 안에 기록된 대로
다 지켜 행하라
그리하면 네 길이
평탄하게 될 것이며
네가 형통하리라

여호수아 1장 8절

이 율법책을 네 입에서 떠나지 말게 하며 주야로 그것을 묵상하여 그 안에 기록된 대로
다 지켜 행하라 그리하면 네 길이 평탄하게 될 것이며 네가 형통하리라

·· 여호수아 1장 8절

Quiet time ....

....

....

너희
염려를
다주께
맡기라
이는그가
너희를
돌보심이라

베드로전서 5장 7절

너희 염려를 다 주께 맡기라 이는 그가 너희를 돌보심이라

‥ 베드로전서 5장 7절

Quiet time

새 계명을 너희에게 주노니
서로 사랑하라
내가 너희를 사랑한 것 같이
너희도 서로 사랑하라

요한복음 13장 34절

새 계명을 너희에게 주노니 서로 사랑하라 내가 너희를 사랑한 것 같이 너희도 서로 사랑하라

·· 요한복음 13장 34절

Quiet time ....
....
....

너희는
여호와를 영원히
신뢰하라
주 여호와는
영원한
반석이심이로다 ^{로아}

이사야 26장 4절

너희는 여호와를 영원히 신뢰하라 주 여호와는 영원한 반석이심이로다

·· 이사야 26장 4절

Quiet time ....

....

....

소망의 하나님이
모든 기쁨과 평강을
믿음 안에서 너희에게
충만하게하사
성령의 능력으로
소망이 넘치게
하시기를 원하노라

로마서 15장 13절

소망의 하나님이 모든 기쁨과 평강을 믿음 안에서 너희에게 충만하게 하사 성령의 능력
으로 소망이 넘치게 하시기를 원하노라

·· 로마서 15장 13절

Quiet time ....
....
....

좋은 것으로 네 소원을
만족하게 하사
네 청춘을 독수리 같이
새롭게 하시는도다

시편 103편 5절

좋은 것으로 네 소원을 만족하게 하사 네 청춘을 독수리 같이 새롭게 하시는도다

·· 시편 103편 5절

Quiet time ....

....

....

여호와가 너를 항상 인도하여
메마른 곳에서도
네 영혼을 만족하게 하며
네 뼈를 견고하게 하리니
너는 물댄 동산같겠고
물이 끊어지지 아니하는
샘같을 것이라

이사야 58장 11절

여호와가 너를 항상 인도하여 메마른 곳에서도 네 영혼을 만족하게 하며 네 뼈를 견고
하게 하리니 너는 물 댄 동산 같겠고 물이 끊어지지 아니하는 샘 같을 것이라

·· 이사야 58장 11절

Quiet time ....

....

....

각각 은사를 받은 대로
하나님의 여러가지
은혜를 맡은
선한 청지기 같이
서로 봉사하라

베드로전서 4장 10절

각각 은사를 받은 대로 하나님의 여러 가지 은혜를 맡은 선한 청지기 같이 서로 봉사하라

·· 베드로전서 4장 10절

Quiet time ....
....
....

나를 사랑하는 자들이
나의 사랑을
입으며 나를
간절히
찾는 자가
나를 만날것이니라

잠언 8장 17절

나를 사랑하는 자들이 나의 사랑을 입으며 나를 간절히 찾는 자가 나를 만날 것이니라

⋯ 잠언 8장 17절

Quiet time

형제들아
지혜에는
아이가 되지 말고
악에는
어린아이가 되라
지혜에는
장성한 사람이 되라

고린도전서 14장 20절

형제들아 지혜에는 아이가 되지 말고 악에는 어린 아이가 되라 지혜에는 장성한 사람이 되라

·· 고린도전서 14장 20절

Quiet time ....

....

....

하나님이
이르시되
그가 나를
사랑한즉
내가 그를
건지리라
그가
내 이름을
안즉
내가 그를
높이리라

시편 91편 14절

하나님이 이르시되 그가 나를 사랑한즉 내가 그를 건지리라 그가 내 이름을 안즉 내가
그를 높이리라

·· 시편 91편 14절

Quiet time ....

....

....

내가 너로
큰 민족을 이루고
네게 복을 주어
네 이름을
창대하게 하리니
너는 복이 될지라

창세기 12장 2절

내가 너로 큰 민족을 이루고 네게 복을 주어 네 이름을 창대하게 하리니 너는 복이 될지라

·· 창세기 12장 2절

Quiet time ....

....

....

너희는 먼저 그의 나라와 그의 의를 구하라 그리하면 이 모든 것을 너희에게 더하시리라

마태복음 6장 33절

너희는 먼저 그의 나라와 그의 의를 구하라 그리하면 이 모든 것을 너희에게 더하시리라

·· 마태복음 6장 33절

Quiet time ....
....
....

너의 하나님 여호와가
너의 가운데에 계시니
그는 구원을 베푸실
전능자이시라
그가 너로 말미암아
기쁨을 이기지 못하시며
너를 잠잠히 사랑하시며
너로 말미암아 즐거이 부르며
기뻐하시리라

스바냐 3장 17절

너의 하나님 여호와가 너의 가운데에 계시니 그는 구원을 베푸실 전능자이시라 그가 너로 말미암아 기쁨을 이기지 못하시며 너를 잠잠히 사랑하시며 너로 말미암아 즐거이 부르며 기뻐하시리라

·· 스바냐 3장 17절

Quiet time

너희가 내게 부르짖으며
내게 와서 기도하면
내가 너희들의
기도를 들을것이요
너희가 온 마음으로
나를 구하면
나를 찾을 것이요
나를 만나리라

예레미야 29장 12절

너희가 내게 부르짖으며 내게 와서 기도하면 내가 너희들의 기도를 들을 것이요 너희가
온 마음으로 나를 구하면 나를 찾을 것이요 나를 만나리라

·· 예레미야 29장 12~13절

Quiet time

내가 여호와를
항상 내 앞에
모심이여
그가 나의
오른쪽에
계시므로
내가 흔들리지
아니하리로다

시편 16편 8절

내가 여호와를 항상 내 앞에 모심이여 그가 나의 오른쪽에 계시므로 내가 흔들리지 아
니하리로다

시편 16편 8절

Quiet time ....
....
....

Part 2

...

당신의 사랑이
저를 치유합니다

다니엘 12장 3절 · 시편 18편 2절 · 로마서 10장 17절 · 요한복음 16장 33절 · 욥기 23장 10절

이사야 44장 3~4절 · 시편 37편 24절 · 잠언 27장 1절 · 디모데후서 4장 7~8절

누가복음 6장 45절 · 시편 119편 105절 · 에베소서 2장 8절 · 시편 25편 4절

여호수아 1장 9절 · 요한복음 14장 27절 · 히브리서 12장 11절 · 잠언 23장 25절

시편 7편 10절 · 히브리서 13장 16절 · 시편 27편 5절 · 에베소서 5장 8~9절

시편 106편 1절 · 골로새서 3장 15절 · 베드로전서 4장 11절 · 요한복음 15장 7절

지혜 있는 자는
궁창의 빛과 같이
빛날 것이요
많은 사람을
옳은 데로
돌아오게 한 자는
별과 같이
영원토록
빛나리라

다니엘 12장 3절

지혜 있는 자는 궁창의 빛과 같이 빛날 것이요 많은 사람을 옳은 데로 돌아오게 한 자는
별과 같이 영원토록 빛나리라

·· 다니엘 12장 3절

Quiet time ....

....

....

여호와는 나의 반석이시요
나의 요새시요
나를 건지시는 이시요
나의 하나님이시요
내가 그 안에 피할
나의 바위시요 나의 방패시요
나의 구원의 뿔이시요
나의 산성이시로다

시편 18편 2절

여호와는 나의 반석이시요 나의 요새시요 나를 건지시는 이시요 나의 하나님이시요 내가 그 안에 피할 나의 바위시요 나의 방패시요 나의 구원의 뿔이시요 나의 산성이시로다

·· 시편 18편 2절

Quiet time ....
....
....

믿음은 들음에서 나며 들음은 그리스도의 말씀으로 말미암았느니라

·· 로마서 10장 17절

Quiet time

이것을
너희에게
이르는 것은
너희로
내 안에서
평안을
누리게 하려
함이라
세상에서는
너희가
환난을 당하나
담대하라
내가 세상을
이기었노라

요한복음 16장 33절

이것을 너희에게 이르는 것은 너희로 내 안에서 평안을 누리게 하려 함이라 세상에서는
너희가 환난을 당하나 담대하라 내가 세상을 이기었노라

·· 요한복음 16장 33절

Quiet time ....

....

....

내가
가는길을
그가아시나니
그가 나를
단련하신
후에는
내가
순금같이
되어
나오리라

욥기 23장 10절

내가 가는 길을 그가 아시나니 그가 나를 단련하신 후에는 내가 순금 같이 되어 나오리
라

·· 욥기 23장 10절

Quiet time ....
....
....

나는 목마른 자에게
물을 주며
마른 땅에 시내가
흐르게 하며
나의 영을 네 자손에게
나의 복을 네 후손에게
부어주리니
그들이
풀 가운데에서
솟아나기를
시냇가의 버들같이
할 것이라

이사야 44장 3절

나는 목마른 자에게 물을 주며 마른 땅에 시내가 흐르게 하며 나의 영을 네 자손에게, 나의 복을 네 후손에게 부어 주리니 그들이 풀 가운데에서 솟아나기를 시냇가의 버들 같이 할 것이라

·· 이사야 44장 3~4절

Quiet time ....

....

....

그는 넘어지나
아주 엎드러지지
아니함은
여호와께서
그의 손으로
붙드심이로다

시편 37편 24절

그는 넘어지나 아주 엎드러지지 아니함은 여호와께서 그의 손으로 붙드심이로다

‥ 시편 37편 24절

Quiet time

너는 내일 일을 자랑하지 말라
하루동안에 무슨일이 일어날는지
네가 알수 없음이니라

잠언 27장 1절

너는 내일 일을 자랑하지 말라 하루 동안에 무슨 일이 일어날는지 네가 알 수 없음이니라

·· 잠언 27장 1절

Quiet time

나는 선한 싸움을 싸우고
나의 달려갈 길을 마치고
믿음을 지켰으니
이제 후로는
나를 위하여
의의 면류관이
예비되었으므로
주 곧 의로우신 재판장이
그 날에 내게 주실 것이며
내게만 아니라
주의 나타나심을
사모하는
모든 자에게도니라

디모데후서 4장 7절

나는 선한 싸움을 싸우고 나의 달려갈 길을 마치고 믿음을 지켰으니 이제 후로는 나를
위하여 의의 면류관이 예비되었으므로 주 곧 의로우신 재판장이 그 날에 내게 주실 것
이며 내게만 아니라 주의 나타나심을 사모하는 모든 자에게도니라

·· 디모데후서 4장 7~8절

Quiet time ....

....

....

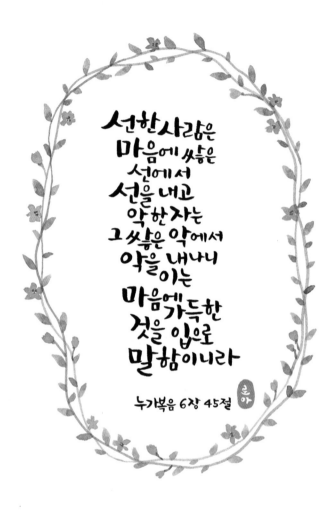

선한 사람은 마음에 쌓은 선에서 선을 내고 악한 자는 그 쌓은 악에서 악을 내나니 이는
마음에 가득한 것을 입으로 말함이니라

·· 누가복음 6장 45절

Quiet time ....

....

....

주의 말씀은
내 발에 등이요
내 길에
빛이니이다

시편 119편 105절

주의 말씀은 내 발에 등이요 내 길에 빛이니이다

⋯ 시편 119편 105절

Quiet time

너희는
그 은혜에
의하여
믿음으로
말미암아
구원을
받았으니
이것은
너희에게서
난 것이 아니요
하나님의
선물이라

에베소서 2장 8절 로아

너희는 그 은혜에 의하여 믿음으로 말미암아 구원을 받았으니 이것은 너희에게서 난 것이 아니요 하나님의 선물이라

·· 에베소서 2장 8절

Quiet time ....

....

....

여호와여
주의 도를 내게
보이시고
주의 길을
내게
가르치소서

시편 25편 4절

여호와여 주의 도를 내게 보이시고 주의 길을 내게 가르치소서

Quiet time ....
....
....

강하고
담대하라
두려워
하지말며
놀라지 말라
네가
어디로 가든지
네 하나님
여호와가
너와 함께
하느니라

여호수아 1장 9절

강하고 담대하라 두려워하지 말며 놀라지 말라 네가 어디로 가든지 네 하나님 여호와가
너와 함께 하느니라

·· 여호수아 1장 9절

Quiet time ....

....

....

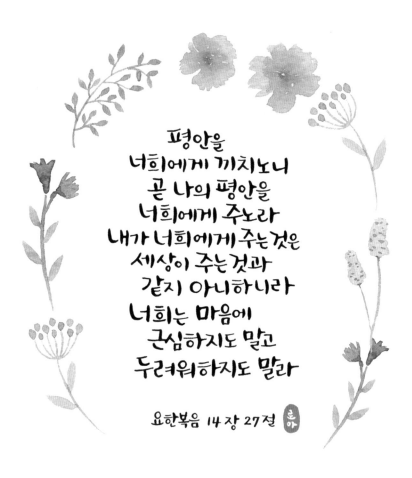

평안을 너희에게 끼치노니 곧 나의 평안을 너희에게 주노라 내가 너희에게 주는 것은
세상이 주는 것과 같지 아니하니라 너희는 마음에 근심하지도 말고 두려워하지도 말라

·· 요한복음 14장 27절

Quiet time

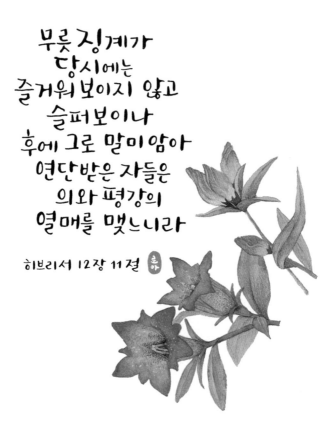

무릇 징계가
당시에는
즐거워 보이지 않고
슬퍼보이나
후에 그로 말미암아
연단받은 자들은
의와 평강의
열매를 맺느니라

히브리서 12장 11절

무릇 징계가 당시에는 즐거워 보이지 않고 슬퍼 보이나 후에 그로 말미암아 연단 받은
자들은 의와 평강의 열매를 맺느니라

·· 히브리서 12장 11절

Quiet time ....

....

....

네 부모를 즐겁게 하며 너를 낳은 어미를 기쁘게 하라

Quiet time

나의 방패는
마음이 정직한 자를
구원하시는
하나님께 있도다

시편 7편 10절

나의 방패는 마음이 정직한 자를 구원하시는 하나님께 있도다

·· 시편 7편 10절

Quiet time ....
....
....

오직 선을 행함과
서로 나누어주기를
잊지 말라
하나님은
이같은 제사를
기뻐하시느니라

히브리서 13장 16절

오직 선을 행함과 서로 나누어 주기를 잊지 말라 하나님은 이같은 제사를 기뻐하시느니라

·· 히브리서 13장 16절

Quiet time ....

....

....

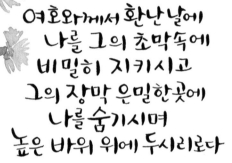

여호와께서 환난 날에
나를 그의 초막속에
비밀히 지키시고
그의 장막 은밀한곳에
나를 숨기시며
높은 바위 위에 두시리로다

시편 27편 5절

여호와께서 환난 날에 나를 그의 초막 속에 비밀히 지키시고 그의 장막 은밀한 곳에 나를 숨기시며 높은 바위 위에 두시리로다

·· 시편 27편 5절

Quiet time ....
....
....

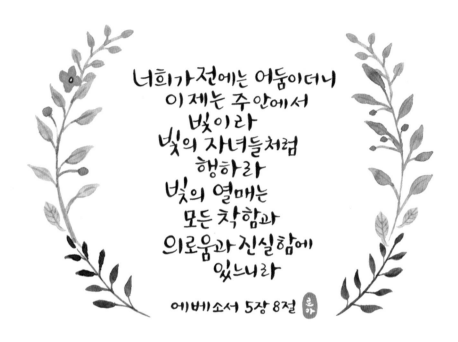

너희가 전에는 어둠이더니 이제는 주 안에서 빛이라 빛의 자녀들처럼 행하라 빛의 열매는 모든 착함과 의로움과 진실함에 있느니라

에베소서 5장 8절

너희가 전에는 어둠이더니 이제는 주 안에서 빛이라 빛의 자녀들처럼 행하라 빛의 열매는 모든 착함과 의로움과 진실함에 있느니라

·· 에베소서 5장 8~9절

Quiet time

할렐루야
여호와께
감사하라
그는선하시며
그 인자하심이
영원함이로다

시편 106편 1절

할렐루야 여호와께 감사하라 그는 선하시며 그 인자하심이 영원함이로다

‥ 시편 106편 1절

Quiet time

그리스도의 평강이
너희 마음을 주장하게 하라
너희는 평강을 위하여
한 몸으로 부르심을
받았나니
너희는 또한
감사하는 자가 되라

골로새서 3장 15절

그리스도의 평강이 너희 마음을 주장하게 하라 너희는 평강을 위하여 한 몸으로 부르심
을 받았나니 너희는 또한 감사하는 자가 되라

·· 골로새서 3장 15절 ·

Quiet time

만일 누가 말하려면
하나님의 말씀을
하는 것 같이 하고
누가 봉사하려면
하나님이
공급하시는 힘으로
하는것 같이 하라

베드로전서 4장 11절

만일 누가 말하려면 하나님의 말씀을 하는 것 같이 하고 누가 봉사하려면 하나님이 공급하시는 힘으로 하는 것 같이 하라

·· 베드로전서 4장 11절

Quiet time ....

....

....

너희가
내 안에 거하고
내 말이
너희 안에 거하면
무엇이든지
원하는 대로
구하라
그리하면
이루리라

요한복음 15장 7절

너희가 내 안에 거하고 내 말이 너희 안에 거하면 무엇이든지 원하는 대로 구하라 그리하면 이루리라

.. 요한복음 15장 7절

Quiet time ....

....

....

Part 3

...

당신으로 인해
나날이 행복합니다

시편 37편 5~6절 · 마태복음 11장 28절 · 잠언 4장 23절 · 이사야 55장 6절 · 고린도후서 4장 16절

시편 94편 19절 · 예레미야 33장 3절 · 고린도후서 4장 18절 · 베드로전서 5장 6절

창세기 28장 15절 · 베드로전서 2장 3절 · 고린도전서 2장 9절 · 요한삼서 1장 2절

시편 103편 15~16절 · 마태복음 18장 20절 · 데살로니가전서 5장 16~18절

이사야 41장 10절 · 시편 4편 8절 · 민수기 6장 24~27절 · 갈라디아서 5장 22~23절

잠언 4장 27절 · 고린도전서 8장 3절 · 시편 121편 5~7절 · 미가 7장 7절 · 고린도전서 10장 13절

네 길을
여호와께
맡기라
그를 의지하면
그가 이루시고
네 의를
빛 같이
나타내시며
네 공의를
정오의 빛 같이
하시리로다

시편 37편 5절

네 길을 여호와께 맡기라 그를 의지하면 그가 이루시고 네 의를 빛 같이 나타내시며 네 공의를 정오의 빛 같이 하시리로다

·· 시편 37편 5~6절

Quiet time

수고하고
무거운
짐진 자들아
다 내게로
오라
내가 너희를
쉬게하리라

마태복음 11장 28절

수고하고 무거운 짐 진 자들아 다 내게로 오라 내가 너희를 쉬게 하리라

‥ 마태복음 11장 28절

Quiet time ....

....

....

모든 지킬 만한 것 중에 더욱 네 마음을 지키라 생명의 근원이 이에서 남이니라

··· 잠언 4장 23절

Quiet time

너희는
여호와를
만날 만한
때에
찾으라
가까이
계실 때에
그를 부르라

이사야 55장 6절

너희는 여호와를 만날 만한 때에 찾으라 가까이 계실 때에 그를 부르라

·· 이사야 55장 6절

Quiet time ....

....

....

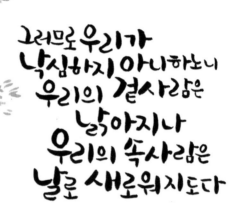

그러므로 우리가 낙심하지 아니하노니 우리의 겉사람은 낡아지나 우리의 속사람은 날로 새로워지도다

고린도후서 4장 16절

그러므로 우리가 낙심하지 아니하노니 우리의 겉사람은 낡아지나 우리의 속사람은 날로 새로워지도다

·· 고린도후서 4장 16절

Quiet time ....

....

....

내 속에
근심이 많을때에
주의 위안이
내 영혼을
즐겁게
하시나이다

시편 94편 19절

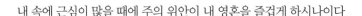

내 속에 근심이 많을 때에 주의 위안이 내 영혼을 즐겁게 하시나이다

··· 시편 94편 19절

Quiet time ....

....

....

너는 내게 부르짖으라 내가 네게 응답하겠고 네가 알지 못하는 크고 은밀한 일을 네게 보이리라

예레미야 33장 3절

너는 내게 부르짖으라 내가 네게 응답하겠고 네가 알지 못하는 크고 은밀한 일을 네게 보이리라

·· 예레미야 33장 3절

Quiet time ....
....
....

우리가
주목하는 것은
보이는 것이
아니요
보이지 않는
것이니
보이는 것은
잠깐이요
보이지 않는 것은
영원함이라

고린도후서 4장 18절

우리가 주목하는 것은 보이는 것이 아니요 보이지 않는 것이니 보이는 것은 잠깐이요
보이지 않는 것은 영원함이라

·· 고린도후서 4장 18절

Quiet time ....
....
....

하나님의
능하신
손아래에서
겸손하라
때가되면
너희를
높이시리라

베드로전서 5장 6절

하나님의 능하신 손 아래에서 겸손하라 때가 되면 너희를 높이시리라

·· 베드로전서 5장 6절

Quiet time ....

....

....

내가 너와 함께 있어
네가 어디로 가든지
너를 지키며
너를 이끌어
이 땅으로
돌아오게 할지라
내가 네게
허락한 것을
다 이루기까지
너를 떠나지
아니하리라

창세기 28장 15절

내가 너와 함께 있어 네가 어디로 가든지 너를 지키며 너를 이끌어 이 땅으로 돌아오게
할지라 내가 네게 허락한 것을 다 이루기까지 너를 떠나지 아니하리라

·· 창세기 28장 15절

Quiet time ....

....

....

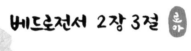

너희가
주의 인자하심을
맛보았으면
그리하라

베드로전서 2장 3절

너희가 주의 인자하심을 맛보았으면 그리하라

·· 베드로전서 2장 3절

Quiet time ....

....

....

하나님이
자기를 사랑하는
자들을 위하여
예비하신
모든 것은
눈으로 보지 못하고
귀로 듣지 못하고
사람의 마음으로
생각하지도
못하였다 함과
같으니라

고린도전서 2장 9절

하나님이 자기를 사랑하는 자들을 위하여 예비하신 모든 것은 눈으로 보지 못하고 귀로
듣지 못하고 사람의 마음으로 생각하지도 못하였다 함과 같으니라

·· 고린도전서 2장 9절

Quiet time

사랑하는 자여 네 영혼이 잘됨 같이 네가 범사에 잘되고 강건하기를 내가 간구하노라

.. 요한삼서 1장 2절

Quiet time

인생은 그 날이 풀과 같으며
그 영화가 들의 꽃과 같도다
그것은 바람이 지나가면
없어지나니
그 있던 자리도 다시
알지 못하거니와 호아

시편 103편 15절

인생은 그 날이 풀과 같으며 그 영화가 들의 꽃과 같도다 그것은 바람이 지나가면 없어
지나니 그 있던 자리도 다시 알지 못하거니와

·· 시편 103편 15~16절

Quiet time

두세 사람이
내이름으로
모인 곳에는
나도 그들중에
있느니라

마태복음 18장 20절

두세 사람이 내 이름으로 모인 곳에는 나도 그들 중에 있느니라

·· 마태복음 18장 20절

Quiet time

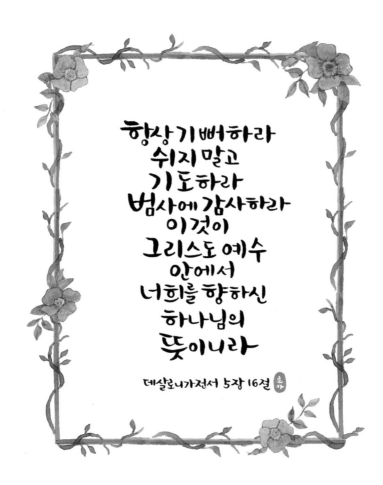

항상 기뻐하라 쉬지 말고 기도하라 범사에 감사하라 이것이 그리스도 예수 안에서 너희를 향하신 하나님의 뜻이니라

·· 데살로니가전서 5장 16~18절

Quiet time

두려워하지 말라
내가 너와 함께 함이라
놀라지 말라
나는 네 하나님이 됨이라
내가 너를
굳세게 하리라
참으로 너를 도와주리라
참으로 나의
의로운 오른손으로
너를 붙들리라

이사야 41장 10절

두려워하지 말라 내가 너와 함께 함이라 놀라지 말라 나는 네 하나님이 됨이라 내가 너를 굳세게 하리라 참으로 너를 도와 주리라 참으로 나의 의로운 오른손으로 너를 붙들리라

·· 이사야 41장 10절

Quiet time ....

....

....

내가 평안히 눕고 자기도 하리니 나를 안전히 살게 하시는 이는 오직 여호와이시니이다

시편 4편 8절

내가 평안히 눕고 자기도 하리니 나를 안전히 살게 하시는 이는 오직 여호와이시니이다

‥ 시편 4편 8절

Quiet time ....
....
....

여호와는 네게 복을 주시고
너를 지키시기를 원하며
여호와는 그의 얼굴을 네게 비추사
은혜 베푸시기를 원하며
여호와는 그 얼굴을 네게로 향하여 드사
평강주시기를 원하노라
할지니라 하라
그들은 이같이 내 이름으로
이스라엘 자손에게 축복할지니
내가 그들에게 복을 주리라

민수기 6장 24절

여호와는 네게 복을 주시고 너를 지키시기를 원하며 여호와는 그의 얼굴을 네게 비추사 은혜 베푸시기를 원하며 여호와는 그 얼굴을 네게로 향하여 드사 평강 주시기를 원하노라 할지니라 하라 그들은 이같이 내 이름으로 이스라엘 자손에게 축복할지니 내가 그들에게 복을 주리라

Quiet time ....

....

....

오직 성령의 열매는
사랑과 희락과 화평과
오래참음과 자비와 양선과
충성과 온유와 절제니
이같은 것을 금지할 법이 없느니라

갈라디아서 5장 22절

오직 성령의 열매는 사랑과 희락과 화평과 오래 참음과 자비와 양선과 충성과 온유와 절
제니 이같은 것을 금지할 법이 없느니라

·· 갈라디아서 5장 22~23절

Quiet time

좌로나 우로나
치우치지 말고
네 발을
악에서
떠나게 하라

잠언 4장 27절

좌로나 우로나 치우치지 말고 네 발을 악에서 떠나게 하라

·· 잠언 4장 27절

Quiet time

누구든지
하나님을
사랑하면
그사람은
하나님도
알아주시느니라

고린도전서 8장 3절

누구든지 하나님을 사랑하면 그 사람은 하나님도 알아 주시느니라

·· 고린도전서 8장 3절

Quiet time ....

....

....

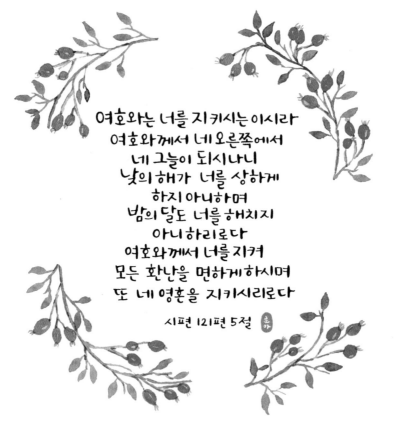

여호와는 너를 지키시는 이시라
여호와께서 네 오른쪽에서
네 그늘이 되시나니
낮의 해가 너를 상하게
하지 아니하며
밤의 달도 너를 해치지
아니하리로다
여호와께서 너를 지켜
모든 환난을 면하게 하시며
또 네 영혼을 지키시리로다

시편 121편 5절

여호와는 너를 지키시는 이시라 여호와께서 네 오른쪽에서 네 그늘이 되시나니 낮의 해가 너를 상하게 하지 아니하며 밤의 달도 너를 해치지 아니하리로다 여호와께서 너를 지켜 모든 환난을 면하게 하시며 또 네 영혼을 지키시리로다

Quiet time

오직 나는
여호와를
우러러보며
나를
구원하시는
하나님을
바라보나니
나의
하나님이
나에게
귀를
기울이시리로다

미가 7장 7절

오직 나는 여호와를 우러러보며 나를 구원하시는 하나님을 바라보나니 나의 하나님이
나에게 귀를 기울이시리로다

·· 미가 7장 7절

Quiet time

사람이 감당할 시험밖에는
너희가 당한것이 없나니
오직 하나님은 미쁘사
너희가 감당하지 못할
시험당함을
허락하지 아니하시고
시험 당할 즈음에
또한 피할 길을 내사
너희로 능히
감당하게 하시느니라

고린도전서 10장 13절

사람이 감당할 시험 밖에는 너희가 당한 것이 없나니 오직 하나님은 미쁘사 너희가 감당하지 못할 시험 당함을 허락하지 아니하시고 시험 당할 즈음에 또한 피할 길을 내사 너희로 능히 감당하게 하시느니라

·· 고린도전서 10장 13절

Quiet time

Part 4

...

감사하는 삶 속에서 매일 기뻐합니다

마태복음 6장 6절 · 고린도전서 10장 31절 · 시편 42편 11절 · 요한일서 2장 17절

잠언 22장 6절 · 마태복음 7장 18절 · 시편 29편 11절 · 잠언 16장 16절

역대상 4장 10절 · 누가복음 10장 27절 · 시편 90편 17절 · 골로새서 3장 17절

시편 6편 9절 · 잠언 18장 10절 · 아모스 5장 6절 · 로마서 5장 3~4절 ·

시편 20편 4절 · 신명기 31장 8절 · 시편 6편 4절 · 로마서 8장 28절 · 빌립보서 4장 6~7절

시편 126편 5~6절 · 고린도전서 16장 14절 · 잠언 16장 3절 · 시편 18편 29절

너는
기도할때에
네골방에 들어가
문을 닫고
은밀한 중에 계신
네 아버지께
기도하라
은밀한 중에
보시는
네 아버지께서
갚으시리라

마태복음 6장 6절

너는 기도할 때에 네 골방에 들어가 문을 닫고 은밀한 중에 계신 네 아버지께 기도하라
은밀한 중에 보시는 네 아버지께서 갚으시리라

·· 마태복음 6장 6절

Quiet time

Today's Meditation

너희가
먹든지
마시든지
무엇을
하든지
다 하나님의
영광을
위하여 하라

고린도전서 10장 31절

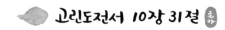

너희가 먹든지 마시든지 무엇을 하든지 다 하나님의 영광을 위하여 하라

·· 고린도전서 10장 31절

Quiet time

내 영혼아
네가 어찌하여 낙심하며
어찌하여 내 속에서
불안해하는가
너는 하나님께 소망을 두라
나는 그가 나타나
도우심으로 말미암아
내 하나님을
여전히
찬송하리로다

시편 42편 11절

내 영혼아 네가 어찌하여 낙심하며 어찌하여 내 속에서 불안해 하는가 너는 하나님께
소망을 두라 나는 그가 나타나 도우심으로 말미암아 내 하나님을 여전히 찬송하리로다

·· 시편 42편 11절

Quiet time

이 세상도,
그 정욕도
지나가되
오직
하나님의
뜻을
행하는 자는
영원히
거하느니라

요한일서 2장 17절

이 세상도, 그 정욕도 지나가되 오직 하나님의 뜻을 행하는 자는 영원히 거하느니라

·· 요한일서 2장 17절

Quiet time ....

....

....

마땅히 행할 길을
아이에게 가르치라
그리하면 늙어도
그것을 떠나지 아니하리라

잠언 22장 6절

마땅히 행할 길을 아이에게 가르치라 그리하면 늙어도 그것을 떠나지 아니하리라

‥ 잠언 22장 6절

Quiet time ....

....

....

좋은 나무가
나쁜 열매를 맺을수 없고
못된 나무가
아름다운 열매를
맺을수 없느니라

마태복음 7장 18절 로아

좋은 나무가 나쁜 열매를 맺을 수 없고 못된 나무가 아름다운 열매를 맺을 수 없느니라

‥ 마태복음 7장 18절

Quiet time ....
....
....

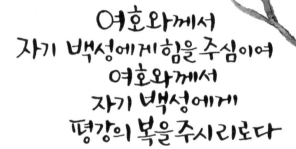

여호와께서
자기 백성에게 힘을 주심이여
여호와께서
자기 백성에게
평강의 복을 주시리로다

시편 29편 11절

여호와께서 자기 백성에게 힘을 주심이여 여호와께서 자기 백성에게 평강의 복을 주시
리로다

··시편 29편 11절

Quiet time ....
....
....

지혜를 얻는 것이
금을 얻는것보다
얼마나 나은고
명철을
얻는 것이 은을
얻는것 보다
더욱 나으니라

잠언 16장 16절

지혜를 얻는 것이 금을 얻는 것보다 얼마나 나은고 명철을 얻는 것이 은을 얻는 것보다
더욱 나으니라

·· 잠언 16장 16절

Quiet time

야베스가 이스라엘
하나님께 아뢰어
이르되 주께서
내게 복을 주시려거든
나의 지역을
넓히시고
주의 손으로
나를 도우사
나로 환난을 벗어나
내게 근심이 없게
하옵소서 하였더니
하나님이
그가 구하는 것을
허락하셨더라

역대상 4장 10절

야베스가 이스라엘 하나님께 아뢰어 이르되 주께서 내게 복을 주시려거든 나의 지역을
넓히시고 주의 손으로 나를 도우사 나로 환난을 벗어나 내게 근심이 없게 하옵소서 하
였더니 하나님이 그가 구하는 것을 허락하셨더라

·· 역대상 4장 10절

Quiet time ....
....
....

네 마음을 다하며
목숨을 다하며
힘을 다하며
뜻을 다하여
주 너의 하나님을
사랑하고
또한 네 이웃을
네 자신 같이
사랑하라 하였나이다

누가복음 10장 27절

네 마음을 다하며 목숨을 다하며 힘을 다하며 뜻을 다하여 주 너의 하나님을 사랑하고
또한 네 이웃을 네 자신 같이 사랑하라 하였나이다

·· 누가복음 10장 27절

Quiet time ....
....
....

주우리
하나님의
은총을
우리에게
내리게하사
우리의 손이
행한 일을
우리에게
견고하게 하소서

시편 90편 17절

주 우리 하나님의 은총을 우리에게 내리게 하사 우리의 손이 행한 일을 우리에게 견고
하게 하소서

‥ 시편 90편 17절

Quiet time ....

....

....

무엇을 하든지
말에나 일에나
다 주 예수의
이름으로 하고
그를 힘입어
하나님 아버지께
감사하라

골로새서 3장 17절

무엇을 하든지 말에나 일에나 다 주 예수의 이름으로 하고 그를 힘입어 하나님 아버지
께 감사하라

‥ 골로새서 3장 17절

Quiet time

여호와께서
내 간구를
들으셨음이여
여호와께서
내 기도를
받으시리로다

시편 6편 9절

여호와께서 내 간구를 들으셨음이여 여호와께서 내 기도를 받으시리로다

·· 시편 6편 9절

Quiet time

여호와의
이름은
견고한
망대라
의인은 그리로
달려가서
안전함을
얻느니라

잠언 18장 10절

여호와의 이름은 견고한 망대라 의인은 그리로 달려가서 안전함을 얻느니라

·· 잠언 18장 10절

Quiet time ....

....

....

너희는 여호와를 찾으라 그리하면 살리라

아모스 5장 6절

너희는 여호와를 찾으라 그리하면 살리라

·· 아모스 5장 6절

Quiet time

우리가 환난 중에도 즐거워하나니 이는 환난은 인내를, 인내는 연단을, 연단은 소망을
이루는 줄 앎이로다

·· 로마서 5장 3~4절

Quiet time ....

....

....

네 마음의
소원 대로
허락하시고
네 모든
계획을
이루어
주시기를
원하노라

시편 20편 4절

네 마음의 소원대로 허락하시고 네 모든 계획을 이루어 주시기를 원하노라

·· 시편 20편 4절

Quiet time ....

....

....

여호와 그가 네 앞에서 가시며 너와 함께 하사 너를 떠나지 아니하시며 버리지 아니하
시리니 너는 두려워하지 말라 놀라지 말라

·· 신명기 31장 8절

Quiet time ....

....

....

여호와여 돌아와
나의 영혼을 건지시며
주의 사랑으로
나를 구원하소서

시편 6편 4절

여호와여 돌아와 나의 영혼을 건지시며 주의 사랑으로 나를 구원하소서

·· 시편 6편 4절

Quiet time

우리가 알거니와
하나님을
사랑하는 자
곧 그의 뜻대로
부르심을 입은
자들에게는
모든 것이
합력하여
선을
이루느니라

로마서 8장 28절

우리가 알거니와 하나님을 사랑하는 자 곧 그의 뜻대로 부르심을 입은 자들에게는 모든 것이 합력하여 선을 이루느니라

·· 로마서 8장 28절

Quiet time ....

....

....

아무 것도 염려하지 말고
다만 모든 일에
기도와 간구로
너희 구할 것을 감사함으로
하나님께 아뢰라
그리하면
모든 지각에 뛰어난
하나님의 평강이
그리스도 예수안에서
너희 마음과
생각을 지키시리라

빌립보서 4장 6절

아무 것도 염려하지 말고 다만 모든 일에 기도와 간구로, 너희 구할 것을 감사함으로 하나님께 아뢰라 그리하면 모든 지각에 뛰어난 하나님의 평강이 그리스도 예수 안에서 너희 마음과 생각을 지키시리라

·· 빌립보서 4장 6~7절

Quiet time

눈물을 흘리며
씨를 뿌리는
자는 기쁨으로
거두리로다
울며 씨를
뿌리러
나가는 자는
반드시
기쁨으로
그 곡식 단을
가지고
돌아오리로다

시편 126편 5절

눈물을 흘리며 씨를 뿌리는 자는 기쁨으로 거두리로다 울며 씨를 뿌리러 나가는 자는
반드시 기쁨으로 그 곡식 단을 가지고 돌아오리로다

·· 시편 126편 5~6절

Quiet time ....

....

....

너희 모든
일을
사랑으로
행하라

고린도전서 16장 14절

너희 모든 일을 사랑으로 행하라

Quiet time

너의 행사를
여호와께
맡기라
그리하면 네가
경영하는
것이 이루어지리라

잠언 16장 3절 동아

너의 행사를 여호와께 맡기라 그리하면 네가 경영하는 것이 이루어지리라

·· 잠언 16장 3절

Quiet time ....

....

....

내가 주를 의뢰하고
적군을 향해 달리며
내 하나님을 의지하고
담을 뛰어넘나이다

시편 18편 29절

내가 주를 의뢰하고 적군을 향해 달리며 내 하나님을 의지하고 담을 뛰어넘나이다

·· 시편 18편 29절

Quiet time ··

···

···

ㅇ